張天捷在台北繞了一年都沒遇到蔡依林

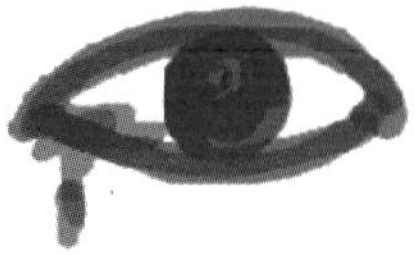

一年期專職作家完結收錄

111 則極短篇 + 詩 + 未完待續小說之戀人囈語

張天捷 —— 著

一年期專職作家

張天捷

一年前我給自己一個做自己的可能，辭去工作去了紐約，完全隔離了熟悉的世界。這樣生活起來，主要就是感覺到離開世界有些孤單、寂寞、冷。

沒料到恐怖的是，一段時間之後不只我自己，整個城市的陌生人都開始和我說話。

一年過了，開始和朋友相聚。被朋友罵著為何斷了連絡，原諒我之後，補上這段時間的細節。但坐在人堆裡卻熟悉地感覺到，一年前開始的時候那分孤單、寂寞、冷，好像陌生人和我自己都離開我了。

「自己，真的是個謎啊。」

推薦

我愛故我在

《The Affairs 週刊編集》總編輯　李取中

讀張天捷的文字，就像不停地在無數個愛情的平行宇宙裡來回穿梭，讓我想起動畫影集《瑞克和莫蒂》裡，那不斷被辨證著的存在的本質。

在張天捷的宇宙裡，我愛故我在。

推薦

用可控的幽默去寫「失控」的憂傷

寶瓶出版社長兼總編輯／朱亞君

讀張天捷，總讓我想起喜劇泰斗金・凱瑞（Jim Carrey）。他們是演繹的天才，也是擅長埋藏內在的瘋子。他們輕易地成為悲傷與搞笑的連體嬰，誇張的嘲弄彷彿只為掩蓋更深的痛楚。

用可控的幽默去寫「失控」的憂傷，這是張天捷最吸引我之處。尊嚴、隱私、愛情，作為一個寫作者，你有悲傷的權力嗎？於是他像《王牌天神》一般，在短篇小說中，藉著上帝的神力，在窗口把月亮拉近再拉近，不惜改變潮汐的引力，製造出一個又一個路過的愛情故事，但又不能避免地在短短的愛情贅語中，暴露出軟肋：

「你沒有失眠，你只是沒有被抱著睡著。」（裸睡）

聰明的張天捷，以一種不與時人同的寫作方式去創作，我對他非常期待，有一種作家複製自己，有一種作家會進化自己，無疑地，張天捷是後者。

推薦

他是五彩的黑，他很酷

啟動文化總編輯／趙啟麟

猶記得幾年前編輯張天捷的《鄉狼金桃》時，著實驚嘆，「這是前所未見的新文體！」他因為多年居住國外，幾乎未受中文文學表述方式的影響，以全新而視覺化的語言直指愛情的核心，「鄉狼金桃就是雙人枕頭的意思，也是人類學上一個始終讓人無法解釋的迷離現象。這個行為模式，超越了生理上我們被創造只有一顆頭的設計。」橫空出世，太棒了。

這兩年我專心編輯《每日讀詩詞：唐詩鑑賞辭典》和《每日讀詩詞：唐宋詞鑑賞辭典》，查考讎校了數千首古詩詞，發現古詩中最有趣而現代人時常匱乏的特色，乃是處理自己情感與周遭景物的關係。此時看見張天捷的新書，真好，更加生鮮熱辣，而且情景交融。

「怎麼還沒下雨，我都已經等不及妳在我的雨傘裡。」（有露安）

彷彿印證了宋．嚴羽《滄浪詩話》所說的：「詩有別材，非關書也；詩有別趣，非關理也。」這種難能可貴的別材、別趣不是一種天才，而是他以四十多年的時間，專注而敏銳地觀察世界和愛情，將自己活成一位詩人。他很銳利，他是五彩的黑，他很酷。

目錄 CONTENTS

未完待續小說〈想　愛〉

開始

直覺

月光底下走過一個街角，我經過一對情侶，手上還拿著安全帽，站在沒熄火的摩托車旁，隔著車一人站著一邊，男生的臉僵硬著直盯著女生，女生看著旁邊流眼淚，就這樣不說話面對面站著。

感覺多麼熟悉啊，我決定了，轉身回頭，走到了女生旁邊也安靜地站著。

女生嚇了一跳，繞到了男生的旁邊，男生直覺地抱住她，看著我。

我完成了我該做的了，誰愛誰，誰想保護誰，本身就是一種天生的直覺。我走著回頭再看一眼，兩個人還是抱著，然後我漸漸地消失在巷子的夜色裡。

天生過敏源

她，
花，
我吸了花粉，
浮誇般地大過敏，
然後上了癮。

我和我吻別

要不是她跟我親嘴，
我還以爲生下來是爲了要找自己完成夢想的。

安排

早上，剛付完錢的女生明顯緩慢地把右手的食指和拇指貼住，讓悠遊卡能從感應器上離開，抵抗地心引力移動回到她的錢包裡，快速結帳的節奏慢了下來，引起大家一時不耐的氣氛。

幾個人之後，我正要付錢，門口突然的聲音吸引了大家的注意。

「妳的中熱美好了喔。」店員看著她說。

「我不要這杯了，它不是我的了。」

「可是……」

「如果我會被不要而難過死，我也要它一起死。」說著她就轉身跑了出去。

「給我吧，我也是黑咖啡。」

「可是，她……」我伸手接過了咖啡，「妳不用擔心她。」

這杯咖啡，跑出去的女生，終究都會是屬於誰的，看起來是隨機的，其實，都是安排好的。

兩件事

那天我買了個香瓜，回來了切開，
她說，這是個哈密瓜，
然後我們一起開心地吃了。

很久以前那天我看見她，後來我們一起回家，
她說，我是個白痴，
然後我們就幸福快樂地生活了。

煙雨濛濛的我

總有一天，
下雨天，
妳抬頭打了哈欠，
我剛好下到妳的嘴裡。

然後，
竄遍了妳，
對妳好的我，
留下來。

多餘的我，
過一陣子離開妳，
妳再把它沖掉。

看透妳

林小櫻彎腰要撿掉在地上的文件，因爲選擇平織的布料得宜，沒有任何人能看出她小腹的肉完整地摺出了一層，對摺了的肉，感覺，就像肉碰到肉，「但這應該是兩個人的感覺啊……」心裡這樣想，但她決定不再減肥了。

「再這樣下去，別說他還沒找到我，原本大部分的我都被我自己消失大部分了。」我在銀行櫃檯前看在眼裡：「其實小腹肉都有衣服遮著，只要妳自己的眼神不要慌張一直低頭看，妳也不要原地跳，沒人知道那肉在那裡。」

「先生……」她一臉驚訝：「你聽得見我的心聲？」

「當然，我是作家。」自己永遠是讓自己最安心的守護神，不論活著是什麼樣子都好，總之，不能讓自己因爲任何理由無端地消失，因爲這世界是爲了每個人每塊肉存在的。

淑女的騎士

早上看到她，
還是心跳加速。

原來你不用疑惑這次是不是你的愛情，
因爲一見鍾情會發生在每次看見她的時候。

幾度夕陽紅

愛情是屬於青春的，
那是在你還可以被抱起來轉一圈的時候，
所以，不要怕冒險，要勇敢，
在長成討厭的大人之前。

迷失

十點鐘，上班族都勉強維持在融化著的套裝妝髮裡，李娟慈在工作晚下班的公車上飽嘗愛滋味：

「我愛妳！」「老師……你！別這樣會給人看見！」她從夢中驚醒大喊著。

「我愛妳！」「社長……你！別這樣會給人看見！」她從夢中驚醒大喊著。

「我愛妳！」「表哥……你！別這樣會給人看見！」她從夢中驚醒大喊著。

我坐了很長一段距離，等她清醒安全下車了，自己才在下一站下車，很陌生的地方。

有的時候，我們人在哪裡或是想要在哪裡，我們自己都搞不清楚，搞不好我們也都會因為別人的夢境去了哪裡。

倩男幽魂

每天，
我跟她說完晚安，
然後我就要一直等她醒來，
我才能在我的一天裡，
再跟她說話。

窗外

晚上記得幫我買回來，
會。
你確定？
我這一生只確定四件事，
星星，
月亮，
太陽，
我愛妳。

幫腔

晚上熱熱鬧鬧的小餐館，桌子放得擠了點。服務生帶我到了位子，一坐定，隔壁桌的聲音就傳過來。

「我覺得很不自由，好像失去自己。」

「我都是幫妳想啊，難道我都不管妳嗎？」

「我們分手吧。」

聽來是他們晚餐或人生的最後幾句對話，女生站起來，哭著轉身擠過我的座位要走，我決定看著她。

「妳眞的很吵，打擾了別人。」

「先生，如果你聽到了我們的對話，你難道不能諒解我很傷心！」

「對我而言，妳根本不存在，誰管妳啊，這個世界誰天生該管妳，妳跟誰說。」

女生停了下來，回頭看了一眼，男生起身抱住她。

「沒事、沒事，不要哭。」

他們結帳走了，牽著手消失在餐廳窗外的視線。

陳綺貞一

遠方從來不存在，
除非你知道她在哪裡；
時間從來不存在，
除非你知道她睡了沒；
空氣從來不存在，
除非你親她親到換氣。

互放的光芒

口袋裡放著最喜歡的收據，
世界末日可以拿出來看，
曾有過的好生活。

湯淑雯

路上突然吹過一陣風，走在我前面的長頭髮女生，手上的書和本子被吹得掉了一地，慌張之間，本子上寫的名字倒像是她自己掉了一地。

她正彎腰要撿，好像有一種感覺讓她不自主地轉頭往我這兒看了一眼。

「湯淑雯，妳好，但我不是那個該幫妳撿起本子而讓妳心動的男生，有時候命運之神會亂了手腳或開了我們玩笑，好多年以前我已經遇上過一個掉東西的女生了，抱歉。」

然後我禮貌地跨過地上的東西，轉身走進正要過馬路的人群，消失在她的人生裡，讓我和她可以繼續原本屬於我們自己的故事。

有露安

怎麼還沒下雨，
我都已經等不及妳在我的雨傘裡。

舒適圈

我決定要脫離舒適圈，
體驗世界，
今天我要自己蓋一條被子睡覺。

張蓓園

深夜，樓的一面總是會有還沒關燈的窗戶，點了菸抬頭剛好最後一扇關了燈。
張蓓園把嘴唇往中間集中，發出一個ㄨ的音，緊接著用臉頰的肌肉把嘴唇拉開，發出ㄢ兩次；每天，她和她的身體說晚安，然後一直看著她的臉等她醒來，就會在新的一天，帶她去很多地方。
每個夜晚，身體都是要離開她的。
眼睛閉上之後，她在身體旁邊開始幻想。
自己是一隻小鹿在草地上東奔西跑，小鹿不知道也沒想目的地，然後牠經過牠跑了過去。一瞬間有個感覺，牠突然好害怕會再也看不到牠，就開始跟著在牠旁邊跑，反正牠去哪，哪都有牠，久了，牠會不時回頭，確認牠有跟好，因爲牠已經習慣，牠去哪，哪都有牠。

六個夢完結篇

我，
沒有夢想，
因爲，
當我一個人的時候，
我都在想她。

一簾幽夢

一定要浪漫，
不然就會是在現實裡形式上的走肉。

霧水

跨出了捷運，車廂車門剛關上，突然身體一個抽搐感覺到什麼，雙手神經反應著這感覺拍打著褲子前後每一個口袋，可能是明顯的慌張，後面一個女孩注意到了我：「你掉了什麼嗎？」我這時反應過來：「沒關係，應該沒掉，在她那裡。」

她一聽眼眶就紅了：「是啊，你幸運。不要說是口袋裡的東西了，到現在連我掉在哪裡他也還不知道。」說完她推開我就往站外跑走了。

「賀有文！等等。」

「你到底跟她說了什麼。」我還來不及回答他的質問，她的同事就追著她後面跑去了。

誰是被誰掉的，又怎麼確定是被找到了，到底要怎麼知道？

白日夢遺憾

世界這麼大，
我也不知道我到底會有多少夢想？
但是我唯一確定的是，
我不能沒有妳。

人在天涯

早上醒來，
一個人莫名寂寞得差點難過死，
趕快翻身朝著床上有她那一面的世界，
剛剛的眼淚還在臉頰上換了方向流下，
後來的眼淚因爲幸福了就沒再湧出。

左右

因爲下雨，街上走路的人都很慌亂，有些遠遠就看到對面的女孩和我走在同一條線上，開始要決定往左還是往右，她也是。

還是發生了，我們都一起往左，我們都一起往右，後來在面對面的距離我們都沒避開對方。

她突然看著我笑了，但是我沒有：「妳從我左邊走吧，然後忘了我，記得，我們並沒有遇見，這只是單純因爲下雨，我已經和應該是我的直線上的那個女孩，在很多年前就不可避免地遇見了。」

說完我從她的右邊側身繞過她，轉身的時候看見那個緊貼著走在我背後被擋住的男生，站在那兒好像發現自己錯過了什麼似的，錯過了自己的命運。

BR32

第一次起飛，
我發現世界這麼大，
遇到妳之後，
我發現全世界只有妳伸出手到抱著我之間的距離，
那麼大。

你自生自滅

記得，
不要讓自己先找到自己，
不然，
你會習慣了自己愛自己。

還好有你

「行照、駕照……」

「喔，我都沒帶，但是我皮夾裡有一張我老婆的相片，妳看。」

「好，我看到了，記得好好保護自己，她很幸福，她需要你。至於我，我也好希望能在一個人的皮夾裡，但我已經錯過了你，沒能在她之前攔下你，你走吧。」

早上因爲重要的季節旅行，很早出門租車，從租車處回家接人之後才會上路。路程遠，爲了到達旅館之前不在夜間趕路心裡有些急躁，才到了第一個沒人的路口沒等紅燈就遇上了麻煩。

心裡有人要接，有人心裡在等你，有人和你一起要去哪裡，或許，幸運地在這茫茫人海裡，心裡能有另一個人，或有一個人願意待在你心裡，就是幸福的意思吧。

燃燒吧火鳥

熱浪，下午，
杯子裡的冰塊融化了，
我的身體融化了，
只是我的心無法理解這個下午。
因爲，
它在遇到她的那一天早就融化了。

茫茫的我喔喔喔

爲什麼淋雨？
因爲，
雨傘下沒有妳。

聽見

走著走著，前面的人突然停了下來，站著但是感覺有些扭捏。我走過了她，盡量自然地回頭看一眼，她的人和臉都哽咽卡住了。她無法避免他在她心裡，好像在街上，眾目睽睽，她只能接受，內褲的一邊是夾在屁股裡。如果可以親手把他拉出心裡，她願意明天就開始好好讀書，考上醫學院，在合法執業的第一天替自己開刀。

喔……對了，我是作家，所以我能聽見她的心聲，這是天分有時也是困擾。但是，自己，是唯一需要確認的事實，但總是一個好像不存在的殘忍概念。衛生紙失去了屁股總顯得單薄得沒有意義，那屁股在宇宙裡的定位呢？它又爲什麼要陷於那需要被乾淨的不自然困境裡？自己，永遠是個問題。

喜歡你包括腋下

你的眼睛，我喜歡；
你的頭髮，我喜歡；
你的脖子，我喜歡；
你的牙齒，我喜歡；
你的肚子，我喜歡；
你的膝蓋，我喜歡；
你的腳底，我喜歡。

口腔期

學會一個語言，
練習，說話。
然後等，
有一天，可以用來跟你說，
我愛你。

王菁菁

下完雨，天空裡的雲特別地清楚。

「一片，二片，三片，四片，五片，六片，七片，八片，九片，十片，十一片，十二片，十三片……」

「嘿，你怎麼站在這兒發呆。」我轉頭看著突然跳到我背上雙手攬著我的女孩。

「不好意思，不好意思，我認錯人了。」女孩走了，我也忘了剛剛數到第幾片。

「我是第十三片雲。」女孩的聲音轉頭回來又在背後出現。

「你也別數了！

「剛剛的雲有的散了，有的已經和另一片遇在一起，如果是我們剛才的那片天空，那只有我是確定的那片雲了。」

「我……妳……」

「不是我，不是你，是我們吧，別站在這兒了，一起走吧。來，牽手。」

那一天，很後來我才知道，她的名字叫做王菁菁。

心有千千結

你說我會不會還是懷疑愛，
當然會。
我剛剛跟她牽手走在街上，
看著她滿足的單純，
我還是擔心地想著，
她會不會只是喜歡我長得帥？

尬上心頭

你永遠不知道什麼時候愛上一個人，
你永遠不知道爲什麼最美的時候總是想尿尿。

呼吸

圖書館裡，兩個前後趴在大桌子上睡著的男女，他醒了發現，她在旁邊睡，他悄悄轉頭和她面對面。

他說：「呼～」她吸。她說：「呼～」他吸。他說：「呼～」她吸。她說：「呼～」他吸。

他說：「呼～」她吸。她說：「呼～」他吸。他說：「呼～」她吸。她說：「呼～」他吸。

他說：「呼～」她吸。她說：「呼～」他吸。他說：「呼～」她吸。她說：「呼～」他吸。

他說：「呼～」她吸。她說：「呼～」他吸。他說：「呼～」她吸。她說：「呼～」他吸。

他說：「呼～」她吸。她說：「呼～」他吸。他說：「呼～」她吸。她說：「呼～」他吸。

那次是他們第一次的對話，知無不言，盡訴情衷。

文輕

東區文青，
頭很輕，
飄落到一杯咖啡旁邊。
想著，
不知道自己怎麼一回事的那顆心。

海鷗飛處

不要擔心，
每一個人都有一個人在找，
沒有任何人的存在，是爲了一個人被溺死在人海裡的。

我要

不大的咖啡廳，角落坐著一對情侶。

「妳聽我解釋。」

「不要再說了，你讓我靜一靜！」

店員怕影響客人帶著擔心走向他們。

「讓她靜一靜。」

我伸手拉住經過我座位的店員輕聲地說，其他客人看著也安靜了下來。

「…………………………………………………………………………

……………………………………………………………………………

……………………」

「我只要聽你說一句，你還要不要我愛你。」女生劃破寂靜問了男生。

「我要。」男生回答。

我放開了店員，整個店裡也都如釋重負恢復了日常下午咖啡廳裡的各種聲音，我們都是因爲愛而活著的，不管是別人的還是我們的。

分不清臉上

大雨好，
當外面充滿空氣，
我們常忘了是一起呼吸，
當外面是場大雨，
總會突然想起她在哪裡。

你泥中有你

你是你，
還是，
你是你喜歡的人，
還是，
你是你喜歡的人喜歡的你。

陪跑

晚上出來才剛戴好耳機，身邊交錯過一個人慢跑，在錯過的那個瞬間，我看到了她堅強的眼神和眼角裡的汗水。

走了兩步，我轉身回頭也往她的方向跑，跑到了她的旁邊，我沒有再加速度。她沒有轉頭看我，卻也沒有加快或停住，並肩跑了長長一段路。

在一個巷口她停了下來我也停下來，她沒看我，但默默地點了一個頭，她和她的微笑轉身進入巷子，我站著漸漸消失在夜晚的巷口。

如果我們都不喜歡孤單，那就沒有人應該孤單，我們都是一起的，不要害怕。

含著出生

有一種你，
叫做，
他天生喜歡你。

你這個小討厭

因爲我每天花時間，
盡量維持希望不被別人討厭，
跟別人好好相處，希望別人喜歡我。
但是只有妳每天一直告訴我，
就算知道我眞的很討厭，
妳還是沒辦法地天生喜歡跟我在一起。
我怎麼可能會煩。

不好意思

在街上想要能趕過路口的綠燈，人行道窄窄的被前面一對情侶手牽手橫擋著，氣氛甚好不想打擾，只好走到柏油路的機車道上，從女生身旁掠過再回到紅磚人行道上，女生轉頭抬頭看了靠近她的我。

「不好意思借過。」

「沒關係，不好意思。」但我沒能夠過馬路，路口是紅燈，不久他們也慢慢又靠近了。

「妳幹嘛一直看他？」

「哪有！」好像因爲我有些爭執。

其實那時她是看了我，我知道，爲什麼也很難說，但大多是身高或是臉，總之造成他們的困擾我也很抱歉，希望快點綠燈，我還站在前面也很尷尬。

物質不滅

在那個地方，
單身的女人，
總是早晨才睡，
這樣，
就不會一個人默默地消失在夜晚，
也不會，
在早晨醒來全世界只剩她一個人。

布魯斯威利

單身的女人不能避免地消失，
每兩個人相愛，
就會有一個單身的女人從世界上消失。
如果有一顆流星眞的擊中了地球，
單身女人也會大量地消失。
兩種消失，單身的女人都無法控制。

單位

便利商店裡的提款機前排了隊，一個男人占住了非常久的時間，但是看起來並沒有任何提款的動作。

又過了一會兒還是看著他手上抓著提款卡一動不動。

「先生你在等什麼嗎？」我拍拍他。

「我不是在等什麼，我是不想再等了，我不想按鈕，我眞的不想再照顧我自己了。」

我聽完擁抱了他。

男人問：「你能就這樣不再放開我嗎？」

「不行，你必須堅強起來。你是幸運的，你會覺得寂寞，就表示你天生的單位不是一個人，所以你知道你還在忍耐她不在你身邊。」

說完，我扶著他的手把提款卡插到機器裡，「我能陪你的路就到這裡了，加油。」

用心良苦

記得下雨不要帶傘，
天氣冷了不要加被子，
餓了不要自己買消夜，
一不小心你愛上了自己，
就沒有人能介入你和你自己之間，
愛你了。

愛上總裁

想妳，
才發現，
沒有妳的時候，
連我都沒在身邊陪我。
原來，
寂寞的單位不是一；
原來，
我的單位，
天生就是和妳，
兩個人。

田馥珍

田馥珍伸出左手和右腳，然後擺盪到身後，再伸出右手和左腳，然後重複，一直到她的身體到達了目的地。

不要用努力或痛苦來擴大自己存在的證據，或是想這樣瞞過自己關於那些對於別的存在的嫉妒。有的時候我們天生就是飄浮的小塵，那是可以的，照自己原本的意義存在就很有意義了。

旅行工作有一段時間了，透過手機隨時也可以跟她見面、說話、打字，本來一直覺得自己是好好的。可是，剛剛走過去一個人，不知道是什麼我不知道的乳還是液，總之是她的味道，我愣著一直到嘴角鹹鹹的才知道，原來人會寂寞得都不知道自己在哭了。

一粒飄浮的小塵，哪天飄進了一隻眼睛裡，就能讓那整個人不由自主地淚流滿面，一粒看似隨風飄散的小塵。

馬拉松

不要再到處亂慢跑了，
跑來跑去的，人家找不到你。

梁靜茹

既然你已經知道夜晚是全黑的，
還有勇氣出發，
那你一定會愛上到了的地方。

不想等

一個午後突然的下雨天，好多人都失去了笑容，街上的行人都在跑，咖啡廳的生意突然都特別好。好不容易找到了透過落地玻璃窗看起來似乎還有空位的可能，服務人員格外親切地問：「你好，請問幾個人？」

「我們兩個人。」

店員接著問我們身後進來的客人，「小姐妳呢？」

「一個人。」

「那麻煩妳等一下。」

「我就是一個人可以嗎？我不想等了，我不知道什麼時候才會遇上他，我不知道我什麼時候才會兩個人，我只是想陪自己喝杯咖啡都不可以嗎？」

轉身她走了，消失在雨停後滿滿是人的街上。

偶一言難盡

愛情從來沒辦法說清楚，
因爲兩個偶然遇見就想親嘴的人，
是無法溝通的。

你這個小壞蛋

如果都沒有人愛你，
那就應該是你去愛一個人，
不要不負責任，
快去爲愛付出。

天空

「你看，有顆星星好亮。」晚上天氣好了，我們選擇在清澈星空下走路回家。

「那就把它取妳的名字吧。」

「哈哈，你討厭。」

「對！你眞的很討人厭，你們已經有對方了，現在連這顆星星也是你們的。我也看到它啦，我不是誰的，我看到的星星也不是我的，我就自己是自己的。」一個在我們後面走得很近的陌生人說完，推開我們沿著人行道跑走了。

都不知道那是多少距離時間外的一個星光，它是誰的又充滿了完全隨機無法估算，但是只要一個人說那是你的，好像就是了。看來科學家的所有理論數據最終只能經由愛認證，愛眞是宇宙間最偉大的力量。

總裁愛上妳

「妳最好是跟我走，
不然以後我在街上看到妳一次親妳一次。」
「好。」

開心

星期一，
幫新的肉穿新衣。

舒淇淇

下班時間，超市的存在意義似乎已經不再是商品的存在空間，而是對人生提出各種安慰解答的教堂，對我們明天的想像，壓力、無奈、未知的恐懼，已知的幸福。

身上的名牌還沒拿掉，但舒淇淇自己已經不在白天的角色裡了，長時間演繹的經驗讓入戲出戲都十分自然。

衛生棉已經拿在手上，又走過冷藏櫃前面，讓右手把衛生棉拿給左手，然後拿一瓶明天要當作早餐的優格，這樣今天要處理的問題就可以算是完全結束了。

明天，其實是一個人的問題，兩個人過的是每一天。

她知道，她從前有跟人家兩個人過。

肉愛你

夜深了一個人，
不用覺得孤單不要忘記了小腹，
人海茫茫，
小腹的肉是永遠不會離開你的，
小腹是真心的。

青春期

好險，
我已經跟我的青春和平分手了。
不用再像現在正年少的，
徬徨失措，
無能爲力地失去這正好著的每一天。

不必了

「你好，我能幫你找什麼嗎？」早上跟她在書店看著看著分開了，我只能從一排一排的書櫃找她。店員看我一直找，就問了我。

「沒關係，我在找她。」我回答。

「女人就是該等著你們找到嗎？我們就是這樣一個人一直等一直等嗎？我們就活該害怕沒人找到嗎？」店員說完就哭著跑開了。

有的時候這家連鎖書店大得像個迷宮，但每一排書櫃都擁有兩個選擇的出口。這城市，這世界，我們一瞬間的想法似乎也是，就算只是一排書櫃，只是一個轉身的距離也還是會咫尺天涯，讓自己繼續在迷宮裡周旋。

冬至

怕冷，
還是？
怕，
沒人怕你會冷？

夏體

天氣這麼好，你想去哪裡？
我在想，
轉身到床的那邊妳的被子裡。

朱雅君

想起國中的一個女同學朱雅君，她有一個天生的敏感體質，就像小說裡完全夢幻的女主角一樣總是可以爲愛哭到潰堤，這是天生的她也沒辦法。她想過，如果要哭的時候就倒立，這樣至少就不會哭到一半尿出來了。

長大之後的一個晚上十點，朱雅君在中正區的十樓辦公室裡自己加班。她也不知道，要下班了嗎？只是要怎麼斷定一天已經結束了，如果沒有人在等她。

湯瑪斯迴旋

剛剛吵了一架，
我決定整理行李離開，
現在我帶著她要開始過全新的生活做自己。

讀你的感覺像三月

不要找自己，
不要做自己，
在你最失去自我的時候，
他才會出現讓你在他的存在裡找到自己。

終於

我到了一個陌生的城市，叫了一台車要去更遠的一個地方。駕駛問我怎麼走？我說你就直直開吧不要轉彎或許這樣就會到了。我們就做自己。然後他還是沒信心做自己，需要別人的認同，低頭一直查Google。晚上我住進旅館，半夜設定好的鬧鐘響了，我起床打開冰箱，給自己倒了一杯可樂，回到床上躺著喝完。她不知道所以沒有任何表示，她默許我做自己，男人和男孩難得同框存在。

紀念日

包子，沒有紀念日；
橡皮擦屑，沒有紀念日；
灰塵，沒有紀念日。

妳叫啊！妳叫啊！

我天生不能當救生員，
因爲除了她，誰掉到水裡我都不救。

聽說能力

「妳聽我說！」
「我不聽！」
「妳聽我說！」
「我不聽！」
「妳聽我說！」
「我不聽！」路邊一棵櫻花樹下他們旁若無人地平行爭執著。
「不如……你說給我聽？」我好奇地問。
「好，你幫幫我。」
「你幹嘛，這是我們的事，爲什麼要說給一個不相關的人聽呢？」
「可是，妳不肯聽。」
「你不用說了，不管是跟我說還是跟他說，你根本不需要爲自己的念頭再這麼努力。」
看來他們的爭執有了交集，我理解放心地默默離開。眞的，當我們存在的單位已經不是孤寂，我們就不用一直擔心不相關的人知不知道世界裡有我們的存在，當然這樣積極憂鬱的習慣是不容易改的。

家

不管去了哪裡，都是爲了回到那裡。

陳綺貞二

其實不用旅行，
一個人活著的地方，
就是遠方。

愛啊

晚上突然下起大雨來，窄窄的人行道變得坎坷又難走，前方兩個人一起撐著一把小傘，在沒有月光路燈的小路小心前行。雨越大兩人靠得越緊，起了風男生環抱起女生的肩膀，擠壓了兩顆心的距離。

雖然因爲風亂吹雨亂噴雨傘的意義已經不大，淋得衣貼髮散，但兩人說說笑笑，彷彿喜愛著這雨夜帶來的困難干擾，因爲是爲了證明他們的幸福而存在的。

人生不就是這樣嗎？當我們喜愛自己或是喜愛被喜愛的自己，困難的存在都有了甜蜜的意義，這也就是所謂的幸福吧。

寵到爆

每次她善解人意，
我都很難過。
她不生氣，
她不任性，
我怎麼寵她，
怎麼不顧一切地愛她。

東京

我就不懂馬拉松有什麼好跑的，
如果她沒在終點線等我。

同時孤單

隔一個座位旁邊的女生一個人來和整場的人一起看電影，因爲一段劇情她突然驚喜地笑了，但是幾乎同時眼眶也紅了，因爲她發現在這個世界裡只有她發現她自己突然驚喜地笑了。

我也發現了，本來想要做些什麼，但我沒有，因爲我們都同樣有過這樣的瞬間，突然發現，自己還是一個人。

幸福

我親眼看過年輕，
我親眼看過夢想，
我親眼看過愛情。

但是，
我就是沒看見時間太快。

索爾

去日本也沒用，
去巴黎也沒用，
不是在他的心裡，
沒牽在他的手裡，
就是孤獨的自己在宇宙裡，
站在一顆石頭上，
又繞了太陽一圈。

再見青春

一早擠上了滿滿高中生上學的公車，過了幾站有人拍拍我的肩膀，右邊有張紙條遞給我，打開看：

「我一直喜歡你旁邊的女孩，這一年每天早上我都是陪著她上課的這段路程，下一站到站的時候，趁大家在移動，不知道可不可以和你換位子站。」

讀完紙條，我看了右邊的男孩，男孩怕被識破裝著沒事看著前方窗戶。我好奇地轉頭看了站在左邊的女孩，女孩的視線這時離開手上的紙條剛好看了我，我也變成疑問的眼神，她微微地點了個頭。

到站了，我下了車，男孩往左移和女孩並肩站著，都看著前方窗外。我手中握著的這張紙條竟還有點嫉妒，什麼時候我們都學會了不斷地離開我們的每段旅程。

幫他們把這張紙條和這段旅程反覆摺疊緊密丟進站牌旁的垃圾桶，也丟進我回不去的青春裡。

天地悠悠

看不見自己，
所以擠在人群裡，
只想證明自己存在。

有一天看見了妳，
所以擠在妳的被子裡，
只想確定妳眞的存在。

愛情少尉

如果妳跨進了我的視線裡，
我就用一生殲滅妳。

西里里

三月裡的小雨，日本遊客西里里在她身上外套左邊的口袋裡找到了太陽眼鏡，往臉上戴的時候插到了右眼。

雲朵是天空的，雨滴是地面的，她是沒有人的。

不是每天都是太陽天，天氣和人生都是一樣，從來沒有哪一天是不一樣的，都是有些時候和我們無關的事而已。

就像別人的結婚紀念日，不會讓你在當天緊張得不敢忘記謹慎安排慶祝，世界上人那麼多，每一天都是有意義的。西里里的右眼也沒想過會突然在今天被插到，在一個，一個人在異鄉旅遊的日常下雨天。

擺渡人

那天她上了我的船，
說要到河的對面，
我讓她上了船，
划到了河中間我把槳丟了，
她就在我船上再沒離開過這條河，
到現在。

天若有情

花若芬芳，
被折斷，
夜若單身，
更黑暗。

胡杮恩

每個凌晨都有失眠的人，他們被稱爲：「永遠活在同一天的人」。

胡杮恩躺在床上，最後把身體的左手抬起只剩食指伸直，閉著眼，把它放進鼻孔肆意蠕動。她知道自己餓了，有人擔心她餓了，是她這輩子在半夜裡時常輪流當著的兩種女人。

有些夜晚沒能準時地睡著。晚了，也只有自己一個人了，跟自己沒什麼好假裝的，閉上眼睛，專心地想，他現在正遠遠地朝妳走來，他是什麼樣子……不要急著張開眼睛，就讓他走到早上……幸福地睡著了嗎？只要不在今天睡著不在明天醒來，或許就不會又無法面對地期待，或是總是延續存在的傷心吧。

呼～呼～

一個人度過颱風天，
肯定很不好受，
但是想想，
其實一個人，
度過哪種天會好受？
想想就好多了，
沒事了，睡吧。

肉圓一

妳，身為一顆肉圓，
有沒有想過要振作起來？

赤名莉香

張天捷，你好，我叫赤名莉香。

昨天晚上的地震讓我的人生正要開始的愛情稍微有些暫停。

我在台北自己生活，每天晚上都會一個人在住的地方等著睡著。昨天晚上，不知道爲什麼我反應多了一些，開了門就從樓梯往一樓街上跑，但是這幾天都特別地冷，慌張了我也沒穿外套，到了街上停下來了才發現我好冷。

樓下是一家7-11，我想進去躲一下。裡面有一個男生把外套脫下來，圍在我身上，在兩個人最靠近的時候，我突然想起來，因爲連續天氣冷，我和好多島上的女生一樣三天沒洗頭了，直覺我往後跳了一步，他也嚇了一跳愣住鬆手，一尷尬我也不知道怎麼反應就轉頭跑回去了。

現在我有他的外套和手機，今天他也打了電話，我們約好一會兒在樓下7-11見，我決定了要喜歡他，我應該跟他說我是三天沒洗頭的女人嗎？

飄羊過海

那天晚上，
我就懷疑那隻黑羊，
果然，
隔天我就從你的夢裡醒來，
再沒回到我的日子裡。

滄海遺肉

牛頓只是，
爲了那些沒人愛的肉，
寫了首詩。

好甜

今天早上我們分別出門，下午她在這條街上走在我前面，我發現了，默默地加速漸漸地從她身旁走過，不一會兒她叫了我的名字。

我總是喜歡約了她，然後在約定的地點故意從她面前走過，擦身錯過她。這樣她每次都有可能會回頭叫我的名字，我和她就會因爲前世宿命和今生的記憶，在此生那刻又相遇，在那刻知道自己在哪裡，在那刻之後可以開始愛她。

藤子不二雄

如果眞的有時光機，
你眞的有件事願意提起勇氣回去完成嗎？

末日

其實好簡單，
一點都不複雜或困惑，
如果沒有明天，
你下午會繼續早上的人生嗎？

多餘的心

巷口有盞路燈，是每天黑夜裡街角的一個麵攤，燈泡光線把一小部分的周遭染得像是一個夢境，但通常是失眠下樓或晚歸還沒碰到床的食客。

經過她走了兩步我轉回頭，「這面紙給妳，擦擦臉上的眼淚吧。」

一個女生坐在麵攤邊邊的位子上發著呆，「我沒哭啊。」

「妳一個人，在妳臉上的，都是淚水，包括那顆飯粒。別哭了，這是妳的城市，滿滿的人，不要難過，妳不是只有一個人。」

她抬頭有些眼眶泛紅，「謝謝。」轉身，我把她交給了這城市裡其他的人，我們都是一起的，沒有人是生來爲了溺死在茫茫人海裡的。

肉圓二

洋蔥總是讓人哭，
但洋蔥不哭，
爲什麼？
是它冷酷無情，
還是層層癒合的新皮攔住了它的眼淚，
直到你剝了這所有的傷心。
但是，
你這顆肉圓又懂什麼？
關你什麼事？
雖然你也一層層的。

打奶泡

後來，
漸漸地，
這個城市裡，
所有的奶泡都被星期一早上的咖啡，
給稀釋得面目全非了。

相遇

長途的飛機上，有著各種不同的相同目的地的目的，鄰座的陌生人，如果是單獨飛行的，總會有很大的機會對話。

鄰座的女生起飛平穩後轉過頭來，但是我先開了口：

「大概兩個多月前我必須暫時離開她三個月，離開的時間裡我從來沒跟自己談過關於想她這件事。我還是都睡床的左邊，我刷牙都用藍色的那枝，我呼吸都保持正常的頻率。但是，昨天我過馬路的時候直覺回頭要抓她的手……所以我立刻飛回去找她。」

說完，鄰座的女生戴起耳機回到自己的世界裡。

斯德哥爾摩症候群

明天穿什麼呢？
不知道，
不如，
把自己穿成一名女朋友的樣子吧。

你都幾歲了

雨，
有的時候都會在落地前，
兩滴碰在一起，
過完一生。

假如

這幾天的台北淋著好像不用撐傘的雨，那到底是整天在下雨還是沒下雨。

那這幾十年，到底是有人在要來愛你的路上，還是你只是單純地活著。

坐在往台南的火車上，隔壁座位的男生跟我說，他約了她晚上九點三十分在台北車站。兩人說好，如果她還要他，就來找他，他就留下來；如果她沒出現，他會搭第6393車次第十到十二車廂的自由座回台南，離開她遠遠的。

十月

這個時間，
世界上只有三種生物：貓、貓奴、慢跑的人。

多肉汁秋

秋天了，
所有的肥肉都合理了。

鍾楚紅

鍾楚紅正在把左腳穿進內褲再把右腳放進去，然後拉起來，維持著平衡讓自己不要跌倒。

市長剛宣布，明天颱風，雨傘底下有兩個人的就停班停課，這樣整個城市即時填滿浪漫充滿愛，會有巨大正面的力量又不塞車。

然後單身的人在辦公室或家裡反正都是一個人，就繼續工作，免得在風雨中體會害怕寂寞，也維持了城市的運轉。整個城市分工合作無間。

裸睡

你沒有失眠，
你只是沒有被抱著睡著。

眾裡尋妳千百肚

吃吧，
妳單身就是因爲太瘦，
他找不到妳。

呂薇菁

呂薇菁正在那個圓環的其中一個交接路口和第一個男朋友分手，所以她可以說是繞著那個圓環長成大人的。

圍著圓環有四個交接路口，他們的國中是其中一個出口，二十四小時的書店是一個出口。在她的時間裡沒有讓自己走出過這裡，因爲他在這裡。

今天，她看著圓環的另外兩個出口，要從不是他離開的那一個出口，也離開。

長大，大概就是離開的意思吧。

你一人在那邊

或許你從來都沒有失眠，
只是你離他睡覺的地方太遠。

冰清玉潔

玉清從來都這樣唱，
玉清喜歡天生的自己，
只有喜歡自己的自己才存在，
所有的歌或其他的一切也都會爲你的唱腔而存在。

未完待續小說〈想　愛〉

新生訓練

今天早晨之前是昨天晚上，天空和菁菁的房間本來是全黑的。她沒注意到，上床前拉上的兩片窗簾，右邊那片無聲無息地趁著黑，離開了左邊沒離開的那片，從此咫尺天涯，一寸之遙就是整個宇宙。

一早，日光無拘無束地，直直地穿過宇宙裡這個已經因爲分離而心慌意亂一晚的縫隙空間。鬧鐘還沒到預期該響起來的時間，光線閃耀著繽紛的色彩在踢光了被子的菁菁身上肆意地掃動。腳趾頭、小腿、膝蓋、大腿，緩緩地到了菁菁的小腹，時間彷彿凝結，光線猶豫徘徊。感覺，小腹上一絲的肉開始越來越白熱化，引起了全身其他的肉開始疑惑、焦慮起來，肉的集體不安情緒終於讓菁菁皺起了眉頭。其實她早已經因爲憋尿淺淺地醒來了，但是感性的右腦不理小腹的寫實，讓身體在床上賴著，捨不得因爲坐在馬桶上漸漸地清醒。菁菁一直有憋尿睡覺的習慣，這樣她就會淺淺地一直知道自己是在睡著的美好。

「本來就滿了，現在再加上溫度，會不會一會兒煮滾起來了？」菁菁心裡有了或許會失控的準備。

或許是心理作用也或許眞是日光的熱度，小腹裡頭似乎眞的有些不由自主地小翻騰、小滾動，繃得很緊的轉瞬間繃得比很緊的感覺更緊。「也許不能再猶豫了，眞的是按捺不住了嗎？」菁菁用手指頭按了一下小腹，一陣雞皮疙瘩漫過全身微微一震，同時也想起了自己爲了在這個特別的早晨能享受全新的味道，昨天才特別買的這床白床單。

「還是去廁所尿好了。」菁菁心想著也從床上坐起身。衣著凌亂，雙眼渾沌，滿頭直髮翻亂成一個鳥窩，憋著尿，這其實是她最美的時刻，沒人看過。

今天是學校新生訓練集合日，包括高年級的學長姊都受邀一起出現。藍藍的天、白白的雲、趾高氣揚的學風，就要吹起一個等了十八年的完美北美夏日早晨。

美夢是不是夠美的條件，就是會讓不夠堅強的人，潛意識無預警地無法面對美夢裡的美好而產生懦弱和膽怯；在心臟還不夠強時，怦然一跳到喉嚨的瞬間，將這份感覺交給主意識，美夢轉變成惡夢一身冷汗地回到現實。

這個早晨就是那種美夢是否成眞的瞬間，讓人嫉妒、讓人恨、讓沒考上的同學要用一生逃離你和他們自己。但就是這樣，要不是有天殺的現實灰暗，那天堂般的瞬間你又怎麼能渾身閃耀光亮。如果沒有別人因爲失敗沮喪，那如何能體會自己因爲成功竊喜，努力逃離別人表現出痛苦的人生，不就是慶幸自己翩然存在的源頭嗎？新生簡章也說，這是個期待已久以及非常重要、無比興奮、意義非凡的早晨，請準時在九點進入會場，讓活動能順利進行。

哈×是個大學城，領地非常廣闊，在知名城市的郊外，周遭除了商店與做學生生意的居民，就大多是租房宿舍。也就是說，學生是必須離家的；也就是說，晚上不用回家；也就是說，自己終於是自己的了。全部二十四小時，全身上下，都是你自己的沒人管，可以使用任何還沒有使用過的靈魂和身體功能。時間是獨立存在的自由本體，也成爲宇宙爲你存在的唯一眞理。隨著住進大學城的宿舍，你的嘴唇是自由的、你的肚臍是自由的、你的左腳趾是自由的、你全身數一遍都是屬於自由的，甚至不受限於你。

每年每個走進新生訓練集會禮堂的新生，都因爲這個從未體會過的強大重力拖住，在跨進這個會場的前一步，停住一秒，不約而同地深吸一口氣，想準備好自己，清晰地謹愼地跨進這屬於未來的一瞬間。

對新生而言，這個早晨的意義就是未來唯一的意義，任何意外發生一旦逆轉成惡夢的話就不會再醒來了。除非你畢業後能改名換姓還移民到另一個星球，不然大概很難在未來的人生裡逃離現在產生的因果關係。

對舊生而言，這個早晨還是意義不減。除了來看比嬰兒更天眞的人類，也可以看來了哪些新的角色會加入自己也還在進行的未來，人生如戲，新角色對解決劇情的僵局，產生新的高潮有必需的作用。當然，來這裡看見去年的自己，也是物理科學的禮物，時空穿梭的實現，有助於從神學的角度思考自己的存在。

北美的夏日早晨，空間裡就像是有人在太陽底下敞開著一萬個冰箱門，空氣的水分子裡，每十粒有三粒是冰的，又熱著又一點一點涼著。

菁菁尿完尿，洗臉刷牙準備打扮穿著自己。今天早晨的選擇是穿長裙，除了思想的準備，也從外在限制、控制自己，「最謹慎的方法應該就是更謹慎！」長裙比較不方便，會產生謹慎的身體語言。「嗯，就這麼做！」

菁菁準時到了新生訓練的禮堂，正拉起長裙要跨進那重要的門檻，突然感到似乎就要長大走入未來了，壓力像是山大、雨大、風大，承受不住停了下來，閉起眼睛深吸了一口氣，暫時離開這個現實的重力，在黑暗裡漂浮穩定心緒。

有的時候在生命中會遇到人生裡最重要的那一刻。未來，聽起來像是存在、發生在很久之後的時間裡，但其實有的時候就是那一天，它只是一直重複，重複快樂、重複悲傷、重複平常，但最恐怖的卻是最多人活著的未來；重複懷疑。懷疑如果，那麼結局會不同嗎？懷疑現在的自己，是不是對得起那天的自己。有的人想忘記，有的人想找回，但永遠都只能懷疑。因爲那一天的那一刻就是永遠，只有那一天的時間和空間裡能發生所有可能，只有公平的一次機會。

「啊！」菁菁被突然介入的巨大叫聲拉回現實，彷彿是貫穿自己的身體喊出來似的。一隻腳爲了穩住身體被迫沒有準備好地跨進了禮堂的那個未來門檻。張開了眼睛，所有的景象、聲音瞬間恢復最高解析度和最靜音。還沒從驚嚇中反應過來，後面好像是被撞擊了，接著感覺是荒涼地往下一扯。是一個人在後面，沒有注意到她停下來猶豫的那一秒，撞上了她，他竟然在失去平衡往下跌的時候神經反射伸手一抓扯下了她的裙子。好險，菁菁的右手還幸運地抓著正要跨步的裙子正面，身體的背面雖然是脫離了一切文明的覆蓋，不能去想的尷尬的幸運是，他的臉在跌下的弧線上正面撞上她的屁股，緊貼著停止了。也就是說在更後面的人只能看到他的後腦勺，不是自己橫空出場的屁股。

好安靜，千人的會場裡外，這一刻，沒人能想像，沒人準備好了，大約有十秒的時間和空間裡甚至沒人呼吸。

「祥林！你又做了什麼啊！」

一句話像一條從黑洞射出的直線，從另一個時空奔馳而來貫穿了宇宙那麼地清晰，讓暫停的時空恢復了活動，立刻恢復的是巨大的驚呼和集合起來宇宙大聲的竊竊私語。一個看起來較爲成熟的女生，從後面一手直接扯了那個男生的頭髮把他拉離開菁菁的屁股表面，一手幫菁菁拉上裙子，精緻嫻熟幹練的性格表露無遺。

「學妹，對不起，對不起。我弟弟從小就是個書呆子、自閉症、大白痴、粗心大意的麻煩製造者，妳放心，沒人看到妳的屁股，我弟弟的臉緊緊貼著他也沒看到。」

其實菁菁一個字也沒聽到，站著一動也不動，好像進了時光隧道，飛快地前進，事物因爲速度都成爲了光彩再成爲了線條那麼快，菁菁現在是潛意識接下控制權，產生自動模式，她本人根本已經不在這兒，潛意識也同樣不想回來這個現實。

「同學，同學。該醒嘍。」菁菁張開了眼睛，看見護士正低著頭叫醒她。

「喔，是醫務室。」菁菁鼻子裡聞到酒精味兒，心裡體會了自己是在一個受保護的環境，感到一些安心。

「好了，妳沒事，昏倒的時候因爲旁邊都是人，有人接住了妳，很幸運妳沒摔在地上或碰傷了頭。」

「謝謝，可以再讓我躺一下嗎？」

「沒問題，妳先幫我在這個表單簽名，這裡、這裡和這裡，這樣我可以完成我的報告。」在這個環境裡一切都是研究，完成了手續，護士轉身拉上簾子走了。

「對不起，對不起，妳感覺還好嗎？有受傷嗎？」不一會兒，在簾子外面是另一個女生問著。「我可以進來嗎？」

「嗯，請進。」

「妳是？」

「我是那個扯下妳裙子，那個書呆子、自閉症、大白痴的姊姊。」

「喔……」菁菁看著她的臉。就像我們常常在電影裡看到的催眠師，有時會設下指令，在某個時候一彈手指或一個詞就能突然喚醒。菁菁這時候全身一震，全、想、起、來、了。

「我完了，我還是躺在這裡一直到死掉好了，反正未來已經結束，如果不是因爲意外，大部分的人應該也是死在醫院裡，就當作是快轉吧。」菁菁在這個白色簾子圍起來的長方形空間裡盯著白色扣著金屬空調透氣孔的天花板，自己想著。

「妳聽我說，當時沒人看到妳的屁股，沒錯，這個意外是存在的，是很尷尬，但是在這個學校裡很快就會有下一個話題。我跟妳保證，很快就不會有人記得了。」祥林的姊姊試圖安慰眼前喚醒目光發直瞪著天花板失去任何指望的菁菁。

「我還是學校姊妹會的會長，妳放心，我會讓人不敢談這件事的。」

菁菁聽了也有幾分合理，總之是發生了，也眞是一個意外，不如面對。哈×新生的天生資優基因這時發揮了作用，現在要先決定一件事，是要努力地回想發生了什麼事然後再努力地忘掉，還是面對。不論如何，往好處看，至少在會場她沒跟任何人接觸，所以對未來還未產生影響，未來都還是個未知數。

「沒關係，這純粹是一個意外，我不會生氣，也謝謝妳的道歉和關心。」

她們一起走出醫務室，祥林等在門口走廊的椅子上。一看到菁菁立刻湊上前，「對不起，對不起，對不起，妳感覺還好嗎？有受傷嗎？」第一次看見他的臉，菁菁本來以爲心裡會是惱怒的，也想像眼睛冒著熊熊的怒火對著他，他突然燃燒化爲灰燼，一陣風吹得他灰飛煙滅，「雖然他算是皮膚白的男生，但肯定沒有我的屁股白，搞不好我的屁股還被蹭黑了一塊。他長得其實好看，細部來說，好看的眼睛、好看的鼻子、好看的嘴巴、好看的肩膀。但怎麼會是個書呆子、自閉症、大白痴。」菁菁看到他的第一個、第二個和第三個念頭。

「你最好忘記這件事，我的感覺不重要，重要的是，你最好忘了你臉上莫名留存的感覺，以後你在學校看到我就轉彎、就掉頭、就飛走，總之不要讓我再看到你，你也不許再看到我，你太危險，我還想要維持不裸體地繼續活下去。」

祥林聽了立刻抬頭看著天花板，「對不起，對不起，我……」

「你要謝謝你姊姊，要不是她一直替你求情，還有連我都怕她的姊妹會勢力，天知道下一秒我會怎麼報仇。」菁菁打斷他說話。

菁菁說完，拿出口袋裡的餐巾紙，擦掉他早上鼻頭上沾到的東西，轉身掉頭就走。祥林想再多說一句話都沒機會，也不敢回頭望，看著天花板，除了醫務室乾淨的酒精味，只感覺鼻孔裡還是絲絲的菁菁的屁股味道。

她表妹婉君

接下來一個月，菁菁無疑是學校有史以來最資淺、最紅的名人，新生能有這種氣勢，在這個學校恐怕原本要得諾貝爾獎才可能。

但菁菁過得還算平靜，來自於祥林姊姊在學校姊妹會的惡勢力，兄弟會很多人的女朋友都是姊妹會成員，也都不敢造次，所以嚴格來說，學校最大的兩股力量都維持著這秩序。大家在公開場合不得提起這件事，甚至不准當面盯著菁菁看，就算你不說他不看，就算只有雲知道，菁菁的後腦勺也感覺得到，她紅了。

「姊，晚上一起出去喝個酒吧，我傍晚會到你們學校對面的書店門口等妳。」婉君傳了簡訊。

這是菁菁這個月得到最開心的內容了，婉君是她從小學一年級一直到國中的同學。其實她也是她的表妹，因為一個年頭出生一個年尾生，所以在美國的學制是可以讀同一個年級的。但是婉君並不是混血兒，她的父母都是土生土長的美國人，是菁菁父親的家人。當年菁菁的母親因為丈夫早逝，為了撫平心理的傷痛只能離開充滿回憶的地方，帶著菁菁獨自搭上十二月下著狂風暴雪的飛機從台北到紐約生活後再嫁的丈夫。

姊妹兩個人外型完全不相同，一個看起來柔柔弱弱的，其實聰明狡猾；一個看起來美麗大方的，卻也其實聰明狡猾。所以從小她們就喜歡隱藏親戚的身分在班上裝普通朋友，互相在各自的朋友群裡交往，交換訊息看顧對方，像是玩間諜遊戲一樣。如果人家知道他們有家人關係就很難這樣做了。婉君也因爲菁菁從小能說中文，只是發音始終還是洋腔洋調、文法亂得像貓在說話。婉君這中文名字倒是菁菁的母親取的，因爲台灣最有名的表妹就是婉君了，當初第一次看到菁菁這個洋娃娃表妹，金髮藍眼可愛無比，一時興起了開這個玩笑的念頭，十幾年來也非常完美地使用著。

「哈囉~我在這兒！我在這兒！」婉君站在學校對面的書店跳著高過人群跟菁菁招手，臉上的笑都快到眼角了，婉君有著一副厚嘴唇、嘴也寬，從小笑起來總是這樣替她贏來好人緣。因爲這樣，菁菁其實老遠就看到閃閃的她了。

「姊姊，終於見到妳了，我們有半年沒見了，好想妳，好想妳。」

「我也想妳啊，我也想妳啊，這半年在學校沒有妳幫我間諜，我覺得眞是特別辛苦。」

「我也是，我也是，我們先找個酒吧坐下來好好地說啊，有好多話好多話要說。」婉君的中文就是這個特色，一句話裡有情緒性的字眼總是重複兩次，菁菁每次也都學著這樣跟她說話，除了是模仿也是覺得自己這樣特別可愛。畢竟在正常生活裡這樣說話，會讓人想揍你。

「婉君，來，第一杯姊姊先敬妳，恭喜妳上了麻×學院，達成了從小的心願。」

「謝謝姊姊，我眞的好開心。如果沒有申請上，那我就要聽爸爸的話去當牙醫了。多髒啊，每天叫人家張開嘴挖啊挖的，病人張大了嘴盯著妳好像是意外驚恐中毒死了一樣，又醜又尷尬，後半生每天活在又醜又髒又尷尬的世界裡，誰受得了。」

「哪有這樣，妳也描述得太悲慘了，可是又好像是十分貼切，的確一般生活裡人是很少長時間睜著眼睛持續張大嘴的，除非是非常投入長時間親嘴的時候吧。」

「不過要是妳被迫含恨當了牙醫，妳可能因爲無法接吻單身一輩子。

「噓～不要詛咒我，第二杯換我敬姊姊。」

「好，妳敬我什麼？不要很俗套，未來無可限量攀登高峰莫忘故鄉什麼的喔。」

「我帶著無限的尊敬和崇拜，敬哈×有史以來最紅的新生和最狂野的屁股。」

「噗！」菁菁眞的噴出了嘴裡一口整杯是十三美元的Margarita，電影電視看多了，沒想到自己會噴，瞪大了眼睛看著婉君，「妳怎麼知道？」

「不然怎麼會叫做常春藤，藤上的蝸牛都是在一條纜線上啊，哈哈哈。我們當天都幾乎要租遊覽車直接出發去參加你們的新生訓練了。妳讓今年的其他早晨都變得黯淡無光平淡日常。

「我可是迫不及待立刻開夜車來找妳啊，我姊姊就是一顆遮不住光芒的星星，從頭到腳都是這麼地閃耀，特別是那像是照亮星系的太陽般的雪白屁股。」

「噓，妳小聲點，這裡搞不好有沒攀在藤上的蝸牛，到時候這故事就散得更開了。」

「妳都好嗎？那天後來著涼了嗎？我十分擔心。」

「我懂了，妳忍了這麼久，終於說出妳不顧新生派對來找我的目的……來看我的笑話。」

「當然不是，好啦，是其中一個目的。但最主要的是要跟妳說一件關於他，妳一定不知道的事。」

「我不想知道他的事，我根本希望這世界沒有他，就不會有這件事。如果念力有用，我會用盡全力念到他消失在這個世界上。不如，我現在就開始試試，妳陪我一起。」

「妳現在可別這麼說，他還眞的有可能消失在這個世界上。」

「怎麼說這些奇怪的話，無聊。」

「不無聊，不無聊，那個傻瓜他摔下樓了。」

「祥林！他摔下樓了？妳別亂詛咒人，會有報應的。」

「是啊，因爲要避開妳，妳口無遮攔威脅人家恐嚇人家記得嗎？」

「啊！眞的假的，妳不要開這種玩笑，人命關天，詛咒人是會有報應的。」

「是眞的，是眞的，你們現在像是當紅的影集一樣都傳出來了，我就是想，妳一定不知道才來找妳的。妳因爲在姊妹會、兄弟會史無前例的嚴密保護傘下，自然無法得知。」

「天呀，那他……」

「活著。」

「那是怎麼會……不過，妳不說我都沒感覺到，好幾個星期我都沒再看見他了。」

「我就知道，沒了我妳就露水天仙，天然人生，什麼都不知道但又好好活著。我從小就是神派來的使者，要來告訴妳，妳生命中發生的事。」

「妳廢話怎麼這麼多，快說！」

「好，好，我說。

「那天他在英國文學課的教室靠窗最後排角落的座位打瞌睡，有個很像妳的女生走進教室，他的同學嚇一跳搖醒他說是妳來了。他一慌張轉頭就跳出窗外，完全忘了自己是在三樓。」

「那他現在？」

「還在醫院躺著，雖然三樓不高，還是斷了一條腿。」

「想去看看他嗎？」

菁菁聽到這個問句，沒再說話，因爲在她腦海裡第一個念頭竟然是「想」。但是當時被迫屁股面世的那個菁菁，立刻跟現在在酒吧裡的菁菁據理力爭，「妳瘋了嗎？那個該死的混蛋，妳居然想他，妳不會是還想要愛上他？」菁菁聽了也自責，「對啊，怎麼會，我是怎麼了，難道我是這麼傳統的女性嗎？雖然他的臉是全世界第一個緊貼在我的屁股上的人，因爲這樣，我的潛意識就把自己默屬於他了嗎？

「我不是，我不是，看看我，一個世界最高學府的女學生，我是多麼地先進，多麼現代的女性，怎麼可能會是這麼八股，因爲他是第一個碰觸的，所以從身體到靈魂就都歸他了？」

「天哪，妳戀愛了！」婉君像是發現天大的祕密，大叫一聲。

「啊！」菁菁一個回神，試圖用叫聲遮蓋住婉君的話，她深怕酒吧裡的人都聽到了，這麼多不同校的學生，再擴散一層出去，恐怕一生都要揮之不去了，順手用手指插進婉君的一個鼻孔，婉君開始流鼻血。

「妳居然用這招，無聲的手語，自從我們發明之後，從小到大妳只用了三次，妳是認眞的啊。」婉君壓低了聲音，昏頭昏腦抓了紙巾堵住鼻孔。這是她們從小間諜人生的一個發明，討論設計了幾個不一樣的行爲能代替用說的，因爲在某些時候，言語是來不及的或是說不清楚的傳達方式，需要極端的方式瞬間清晰地梳理剪不斷理還亂的危急時刻。

「他住在學校的醫學院附屬醫院，401號病房。這是妳不需要的資訊，沒有要去的病房，裡面不是妳想看的他。」

王菁霞

「天啊！都快兩點了，起床了！起床了！」菁菁喚著婉君。昨天兩個姊妹敘舊聊到不可自拔，快天亮才回家，現在好了，最怕惹火的助教，都因爲今天一開學就睡過頭蹺課惹火了兩個，今天下午還有一個，千萬別再錯過課了。在這個學校助教上的課都多過這些名教授了，開學第一堂的印象壞了，要再轉回來就難了。

菁菁換了衣服抓了書就往教室大樓跑，雖然是校內宿舍，但是學校大得感覺跟一個歐洲小國一樣，到處都是在跑的學生。要是當賊，一跑進校園，警察都不知道抓哪個正在跑的。「我都在跑了，怎麼還會想這些白痴沒用的東西？」菁菁發現她自己的思維，完全沒有建設性，也不是有用的知識，完全不配這所學校和她優秀的外表和內在。

菁菁從三樓的宿舍房間跑下樓梯，擠開了電機系的查理，查理的名字在這一輩子都跟菁菁沒有關係。經過舍監南茜的辦公室窗口出了宿舍大門，從草地上橫切過草皮禿了一條的捷徑，跑過了顫簸晃動的星巴克，今天不能買本日咖啡；跑過了看著顫簸晃動的哈×本人的雕像，在他身下急右轉切進醫學系大樓的拱門隧道；跑過了要跑去文學系大樓的顫簸晃動的淑君、赫莉和金子中間，她們三個根本沒心要跑，還幾乎跑成一排沒公德心地幾乎要擋住其他人，「菁菁，晚上有讀書會別忘了！」

「好，好。」四個人跑著應答著。說是讀書會，比較像是害怕會或是信心建立會。這個學校的學生，能有的空閒時間如果不花在讀書上，彷彿全世界都會覺得你是對不起全世界。在最後的三百英尺是一條直路，兩旁是一大片大草地，最考驗耐心和毅力，沒有任何捷徑和念想，只有你和堅持的你自己之間的距離。菁菁從小就是個堅毅韌性的女生，在最後的一百英尺她的長髮加速到髮尾都浮起來了。「GMm/r^2」，就算跑成這個樣子，菁菁還是習慣性地背誦了牛頓的萬有引力公式，菁菁也跟這個天才集中營裡的每個學生一樣，思考和知識是密不可分的，就是這麼優秀這麼菁英。「我乾脆改名叫菁英不要叫菁菁了。」在心裡菁菁這樣喘著氣讚美自己。

「王菁霞。」

「有！這裡！」菁菁捧著剛喘出嘴的肺，在教室門口用最後一口氣完成了點名。

「同學，同學，該醒嘍。」菁菁張開了眼睛，看見護士正低著頭叫醒她。

「喔，是醫務室。」菁菁心裡知道了自己醒在了同一個醫院診間裡。短短一個月，她應該又破了這個學校的一個醫療紀錄。

「來，妳先幫我在這裡、這裡、這裡簽名，這樣我可以完成我的報告。」完成了，護士轉身拉上簾子要走，但護士的眼神裡透露著一個極不尋常的隱藏訊息，在要拉上她的簾子的時候，明顯地看了隔著隔壁病床的簾子一眼，又看了菁菁一眼，很捨不得地走了。

「Fuck！不會吧。」菁菁不但是聰明的人，還是個女性，女性天生都是有第六感的。這時候這個第六感強烈來襲，好像是一陣冷風讓人從胃裡打了個冷顫發抖，不自覺地讓菁菁屁股夾了一下。

菁菁鼓起了勇氣把頭轉向簾子，隔著簾子，因爲是個充滿長時間斜陽的夏季傍晚，可以看見他的影子晃動。別說是菁菁了，現在全校都傳開了，大家的心裡和眼神跟菁菁一樣，都注視著這片薄薄的簾子。

從意外發生到現在，學校所有人都處在不能提、不能說，不合理暫停的一個時空支線裡，祥林也完美地執行了菁菁的交代，從沒有再跟菁菁同框，所以所有人想要大談特談這件事的情緒，已經是滿溢到了極點了。今天這同框，好像是什麼已經分解散裂的流行經典樂團，間隔了許多許多年，又宣布要合體表演那麼讓人感動又驚天動地的消息。

「聽說物理系停課了。」「經濟系也是。」「聽說是大家都蹺課到醫院這裡來了，教授們一夥乾脆都停課了。」私語在校園瀰漫傳遞著。

同學們漸漸地越聚越緊形成人群，有些像是培養皿裡培養的細菌。圍著醫院站在大草皮上交換著訊息，甚至還有幾個性格比較浪漫的教授想回味感受年少歲月曾經的激動、曖昧、遐想，也低調地混在人群裡。

接近八點，天色漸漸暗了下來，已經是夏季日光節約時間了，許多亞洲的學生一開始最不能習慣的是這一點，常常要在太陽底下吃晚飯。漸漸地人群自發性地開始分享食物，或是叫起披薩、中餐的外賣。有的在草地上鋪上毯子，一群一群地圍著、坐著、躺著，有音樂系的學生彈起了吉他，唱歌的也有。大家從只是關注今天菁菁和祥林的意外合體，漸漸地開始彼此分享因爲這個意外造成的聚集和情感上的貼近。校警和學校行政人員開始正式巡邏，維持這個意外的聚集所需的安全和秩序，也設定成是一個沒有首領的自發性的活動，因爲幾乎全校的人都圍著或靠近這個醫院了，估計有接近萬人，輻射狀的外圍都有幾百英尺。這讓很多有年紀的教職員想起了一九六九年那場辦在紐約的音樂節，也自發地默默參加享受這個充滿美好人性的時刻。

菁菁在醫院裡聽到了外面的歌聲，好奇地從窗戶往外看，理解這是一發不可收拾了。不論這意外多麼地尷尬，多麼讓人不願面對，現在也已經是非要面對不可的時刻。

那窗外

「你！」菁菁唰的一聲拉開隔間的布簾，把祥林嚇了一大跳，從床上無預警地彈了起來，因爲斷腳還打著石膏，只能彈回原處，倒是差點嚇得尿褲子，他因爲不敢讓菁菁知道他在隔壁，一個下午不敢跨出布簾去上廁所。

「你！現在我給你時間，你告訴我你到底是誰，爲什麼纏著我。」

「好，好。」祥林似乎已經習慣卑微，習慣聽菁菁的命令。

「算了，我不想要聽你的聲音。

「你的名字叫做張祥林。」菁菁眼睛一眨不眨地瞪著他，祥林還是守信用地呈現雙目失明狀態，看著天花板聽菁菁跟他對話。

「你在上海長大，來留學之前沒離開過上海一天，也就在那幾十條街裡移動，這次出國的里程數比你一生移動累積的多上幾十倍。

「你有三個姊姊，從小一起長大，二姊兩年前來了這個學校讀書。

「你們四姊弟是孤兒，但始終有人經由孤兒院提供你們認養金，從小你們也表現了某種優秀的基因，對自己的身分彷彿是視而不見，沒有叛逆埋怨，認真地成長。大姊現在是上海醫院的院長，二姊和你在這裡，三姊想多看世界，進入了可到處跑的國際太空組織。

「你來美國讀大學之前，所有的記憶根本幾乎等於是同一天，就是讀書、讀書。

來了一個月任何一天的過程都比前二十年加起來的全部日子經歷豐富。然後就撞上了我。」菁菁說到這兒，瞪大了眼睛，踮著腳尖拍打了一下祥林的額頭，「好短的人生故事。

「我是在你人生裡影響最親近的非基因相關的女性了。」菁菁的語句像是警告又像是問問題，又好像是跟自己在說話，總之，從她複雜模糊的文法和臉上的表情很難判斷。

祥林從床上坐起撐起拐杖站到菁菁面前，低頭把目光移到菁菁的眼睛上，這是一個月來他們第一次正式見面，「妳聽我說，關於妳是我非基因相關最親近的女性這個事實，假若從愛情的角度客觀地論述我們的關係，不論是從哲學、科學還是從心理學的角度，從第一秒遇上妳那一瞬間開始，就已經直接越過我愛上妳的這個過程了，我們是直接進入了相愛的這個階段。從我遇上妳的那一秒，我們不再彼此試探、不再小心讓自己不要因爲一個不期而遇而受傷。越過了從眼神、語言到身體的試探，也直接不管周遭生活裡的社交眼光，直接讓兩人的關係攤在陽光下。之後已經無法再爲自己設下任何防備，只剩下坦誠和透明。從那天起，我們每天起來都無法忘記遇見的那一刻，對方時時刻刻出現在心裡。我時時注意妳、觀察妳的行蹤呵護妳，不能讓妳受傷，因爲那是妳內心的呼喊，也就是我對妳的承諾。因爲我，妳讓自己透明脆弱地攤在受傷的可能裡，妳就是我的責任。」

「怎麼他的思考和口才這麼流利，他不是書呆子、自閉症、大白痴嗎？」菁菁暗想著。

「從那天以後我的鼻子裡都是妳屁股的味道，早上的咖啡和妳屁股的味道，圖書館裡的一本舊書和妳屁股的味道，半夜睡不著覺和妳屁股的味道，未來的夢想和妳屁股的味道。

「如果命運會插手影響我們的人生，那從那天之後，的確，我的每天都不能自已地、不能停止地想到妳，除非我停止呼吸。

「如果我的假設成立，我不是那天之後愛上妳，我的理解是，我一出生就應該愛著妳了，只是那天撞上了妳本人，妳開始知道原來這一生愛妳的是我，這就是我們那個瞬間產生的如黑洞般的重力場，我們在偌大的宇宙裡身陷其中。

「我是，而且，妳也是。」

「好了，王菁菁！妳矜持一點！妳聽得那麼入神幹嘛？難道妳要喜歡他不成，妳要討厭他啊！」菁菁對自己說。「閉嘴，說得怪力亂神的，什麼謬論，我可不承認，荒謬。」菁菁對祥林說。

「還有。」菁菁一手扯開他們身邊的窗簾，「還有他們呢？怎麼辦？怎麼解決？這黑洞裡吸的可不止我們兩個。」兩人突然同框，窗外一片草地的人瞬間產生騷動，因爲人數多距離大，說是瞬間大概也有個十秒虹吸到外圍。

他們兩個人在窗裡站著，他們上萬個人在窗外站著、坐著、躺著。漸漸地大家都感受到了，彷彿有一陣風吹過，一陣名爲命運的風天搖地動地在他們之間展開。這個月所有人的生命都失魂落魄地專注在他們兩個身上，這意外、這命運、這迷茫困惑的時空又回到了那天那個安靜無聲的時刻，就像Albert Einstein教授的時空蟲洞理論一樣，不只是菁菁和祥林，所有參與了那天的人都需要從這個奇異暫停點往前移動。那一天早晨，已經不只是屬於他們兩個人，也是屬於所有人的了。隔天開始，所有人也都準備好要活在他們同框的，那條支線的未來裡。

祥林死了

「我弟弟死了。」

「祥林！妳是說祥林？」菁菁的問句根本只是潛意識無條件的反射，她的頭腦裡的任何一個細胞，根本無法處理聽到的這句話，也沒有任何系統有條理地能去思考這資訊。

「是，是祥林。」

「啊！怎麼會?!」

「那天從三樓的一摔，造成了一個連鎖效應。妳千萬不要算在自己身上，雖然是妳開的頭，但冷靜地看完整個過程，並不是因為妳，或任何人，是命運，他的命。

「每個人都有個時間，大部分人不知道怎麼利用，他這樣也算特別了，也不會不值得。」二姊安慰著菁菁茫然的眼神。

「可是？」菁菁跟任何人一樣，習慣了去合理生命中的事，不論如何，合理存在是存在唯一的證據，哪怕漸漸地接受了不合理也必須是一種合理。

「菁菁，妳要好好的，只有短時間讓人感動的生命，會比較遺憾嗎？缺乏任何完整性嗎？完整這東西誰又硬要為它加上多久的時間呢？」

「對祥林來說，新生訓練到現在雖然只有三個月，若說是長度不如說是在未來開始的起跑線的寬度上就結束了。

「但喜歡妳的人看見妳了，討厭妳的人有了一點討厭的感覺，天生的敵人是天生的早就準備好了，你們同框也完成未來一切可能的進行，包括另外幾千人都在場見證、參與了。未來就會照著這個開始繼續下去，事實上你們完成了一切的設定。

「倒是妳留下來了，幸運不幸運上帝會安排好妳，給妳交代的，祥林、幾千人的命都在妳手上了，不要讓大家失望，更重要的是不要讓自己失望啊。」

二姊在這件事之後一個星期回家了，學校辦了退學，這裡的故事就剩菁菁。

美麗田 167

張天捷在台北繞了一年都沒遇到蔡依林

填回函雙重禮
①立即送購書優惠券
②抽獎小禮物

作者：張天捷
封面繪圖：Elisabeth Rose
出版者：大田出版有限公司
台北市一〇四四五中山北路二段二十六巷二號二樓
E-mail：titan3@ms22.hinet.net http://www.titan3.com.tw
編輯部專線：（02）2562-1383 傳真：（02）2581-8761
總編輯：莊培園
副總編輯：蔡鳳儀
行銷編輯：陳映璇
校對：金文蕙／黃薇霓
初版：二〇一九年九月一日 定價：三〇〇元
總經銷：知己圖書股份有限公司
台北：台北市一〇六大安區辛亥路一段三十號九樓
TEL：02-23672044／23672047 FAX：02-23635741
台中：台中市四〇七西屯區工業三十路一號一樓
TEL：04-23595819 FAX：04-23595493
E-mail：service@morningstar.com.tw
網路書店：http://www.morningstar.com.tw
讀者專線：04-23595819＃230
郵政劃撥：15060393（知己圖書股份有限公司）
印刷：上好印刷股份有限公司
國際書碼：978-986-179-569-0 CIP：863.51/108010262

國家圖書館出版品預行編目資料

張天捷在台北繞了一年都沒遇到蔡依林／
張天捷著．
——初版——臺北市：大田，2019.09
面；公分．——（美麗田；167）

ISBN 978-986-179-569-0（平裝）

863.51　　108010262